AF502457

L'AMOUR PATERNEL

OU

LA SUIVANTE RECONNOISSANTE,

COMEDIE ITALIENNE

EN TROIS ACTES ET EN PROSE.

Par M. GOLDONI.

Composée pour les Comédiens Italiens Ordinaires du Roi, & représentée sur leur Théâtre au mois de Février 1763.

EXTRAIT SCENE PAR SCENE.

Avec les Lettres de M. GOLDONI, & de M. MESLÉ, tant sur cette Piéce que sur plusieurs autres objets des Spectacles.

Le prix est de 24 sols.

A PARIS;

Chez DUCHESNE, Libraire, rue Saint Jacques, au-dessous de la Fontaine Saint Benoît, au Temple du Goût.

M. DCC. LXIII.

Avec Approbation & Privilége du Roi.

LETTERA

Di M. Goldoni à M. Meslé.

ECCOMI, signor mio, alla vigilia di esporre per la prima volta a questo Publico una mia Commedia. Questa è una cosa, che ho di lontano moltissimo desiderata, e che ora davvicino mi fa tremare. Voi siete un buon conoscitore del Teatro, voi lo amate, e lo frequentate, e vi è nota la dificoltà d'incontrare con un tal genere di produzioni. A mie piucche agli altri si rende malagevole un tale impegno, e per lo mio scarso talento, e per la situazione in cui mi ritrovo. Non nego di essere stato fortunato in Italia, e di aver acquistato con poco merito maggior onore di quello mi si doveva, ma ciò è derivato dalla miseria, in cui languivano i Teatri del mio Paese, ed il poco che ho fatto mi ha valuto per molto. Ora sono in Parigi, dove il valoroso Molier gettati ha i semi della vera Commedia e dove tanti felici ingegni l'hanno si ben coltivata, ed adorna. Un popolo si illuminato per natura, per educazione, e per genio, avvezzo alle più brillanti, e alle più regolate rappresentazioni non averà per me l'indulgenza dè miei parziali compatrioti: ed ecco la ragione del mio timore, che amareggia ogni mia contentezza. Ma vano è ormai ogni mio pensamento. Mi sono lasciato adulare dalla speranza: ho ceduto al cortese invito. L'amor proprio mi ha consigliato, mi ha qui condotto. Sono nel grande impegno, e deggio addempierlo, come poſſo.

Oltre ai diſavvantaggi del mio talento, ho quello ancora di una lingua ſtraniera. Non ſo ſcrivere aſſolutamente Franceſe, ma quando anche il ſapeſſi io deggio ſcrivere per degli attori Italiani. Il maggior onore della Commedia Italiana è ch'ella ſtata ſia ricevuta in Francia, e tuttavia ſi mantenga ſtipendiata dal maggior Monarca del mondo, e ben veduta dalla più colta nazion dell' Europa. Conſidero non per tanto, che le Commedie rappreſentate in Parigi fin' ora dagl' Italiani ſono ſtate mera mente giocoſe, e che l'abilità delle maſchere ha prodotto di eſſe il maggior bene, e il miglior effetto. Jo ſono ammiratore di tali valentiſſimi Perſonaggi. Lodo ancor' io lo ſpirito, e la franchezza de' noſtri attori, che ſi diſtinguono da tutti gli altri del Mondo nell' improvviſo, e ſono perſuaſo, che non ſi abbia a perdere intieramente un ſi bel privileggio della noſtra nazione, ma io ho fatto l'uſo di ſcrivere le Commedie diverſamente, ed ho ſeguitato, come ho pututo, le tracce de' migliori Maeſtri. So, che pochiſſimo ho profittato, ma pure non ſo ſtaccarmi dal mio ſiſtema. Darò di mal cuore, e per compiacenza delle Commedia a ſoggetto ſe ne vorranno, ma per la prima, ch'io deggio eſporre non ho coraggio di farlo.

Voi, ſignor mio, che per bontà voſtra v'intereſſate per l'onor mio, giuſtamente mi avete fatto conſiderare, che una Commedia intieramente ſcritta in favella Italiana non ſarà inteſa in Parigi comunemente. Il rifleſſo è veriſſimo: molti intendono l'Italiano, ma non già tutti, e tutti quei, che concorrono ad un tale spettacolo hanno ragion di voler intendere. So par altro qual sia l'ingegno vivace, e pronto degli Francesi, e so che poco basta per farli intendere. Se meno mi fidassi del loro ingegno o avrei lasciato di scrivere, o avrei stampata la mia Commedia colla traduzione in Francese, ma nel primo caso avrei mancato al mio debito, e nel secondo avrei mostrata troppa temerità. Ho scelta la via di mezzo, ho formato un' estratto della Commedia, ho reso conto in esso di ciò, che si tratta di scena, in scena, ho pensato di farlo mettere in vostra lingua, e di pubblicarlo, e son sicuro, che il poco, che leggeranno servirà agli uditori esperti per far loro intendere il dialogo, l'interesse, e l'intreccio. Ho di bisogno per questo di un tradutrore, ed ecco, Signor mio, la ragione, per cui vi spedisco gli annessi fogli.

Voi, che mi amate; voi, che intendete l'Italiano, sì bene, come il Francese; voi che compiacciuto vi siete di traddurre qualche altra opera mia, tradducete, vi supplico, ancora quesla, è datele quell' avia di, e semplicità e di chiarezza, che io non avrò saputo addoprare. Le prove di sincera amicizia, che mi avete date fin'ora mi assicurano della vostra condescendenza, ed io vi avrò un debito infinito, e sarò sempre, quale con vera stima, e rispetto vi assicuro di essere.

                    Vostro ùmilissimo obbligatissimo
                    servitore GOLDONI.
                    A iij

T R A D U C T I O N

De la Lettre de **M. G O L D O N I** *à* **M. M E S L É.**

ME voici, Monſieur, à la veille de faire re-préſenter à Paris la premiere Comédie que j'y ai faite. La choſe du monde qui me flattoit le plus, tant que je ne l'ai vû que dans l'éloigne-ment, me fait trembler maintenant que je ſuis au moment d'en jouir. Vous ſçavez, Monſieur, la difficulté qu'il y a de réuſſir dans les ouvrages Dramatiques, vous qui êtes un ſi bon connoiſſeur du Théâtre, vous qui l'aimez & le fréquentez. Mes foibles talens, & les circonſtances où je me trouve rendent la choſe encore plus difficile pour moi que pour tout autre. Je conviens d'avoir eu quelque ſuccès en Italie. On m'y a fait ſans doute plus d'honneur que je n'en méritois ; mais il faut l'attribuer à l'état miſérable où languiſſoient les Théâtres de mon pays. On a crû devoir me tenir un grand compte du peu que j'ai fait pour les re-lever. Aujourd'hui je ſuis à Paris où le célebre Moliere a laiſſé les ſemences de la vraie Comé-die, & où tant de génies heureux l'ont cultivée & embellie. Un peuple auſſi éclairé que les Fran-çois, & dont les lumieres naturelles ſont encor augmentées par l'éducation, un peuple accoutu-mé aux repréſentations des piéces les plus ſubli-mes & les mieux conduites, n'aura pas pour moi l'indulgence & la partialité de mes charitables compatriotes. C'eſt ce qui cauſe mes craintes, c'eſt ce qui empoiſonne ma joie, & altére mon bonheur. Mais toutes mes réflexions ſont inutiles à préſent. Je me ſuis laiſſé flatter par l'eſpérance, j'ai cedé à une invitation preſſante & glorieuſe. L'amour propre m'a conſeillé & m'a conduit ici. Je me ſuis chargé d'une entrepriſe difficile, il faut donc la remplir comme je pourrai.

Outre les déſavantages de mon peu de talent, j'ai encore contre moi celui d'une langue étrangere. Je ne ſçais point abſolument écrire en François, & quand je le ſçaurois, il faut que j'écrive pour des Acteurs Italiens. Le plus grand honneur qu'ait jamais eu la Comédie Italienne eſt ſans contredit d'avoir été reçue en France, d'y être ſoutenue & protégée par le plus grand Roi du monde, & d'y être accueillie par la nation de l'Europe la plus cultivée. Je trouve néanmoins que les Comédies Italiennes qui ont été repréſentées à Paris juſqu'à préſent, n'ont été que des pieces bouffones, & qu'elles ont dû leur plus grand ſuccès à l'habileté des Acteurs à maſques. Je ſuis aſſurément un des premiers admirateurs de ces ſortes de Perſonnages, & des Acteurs qui les jouent, & je ne puis faire trop d'éloges du génie & de la préſence d'eſprit de nos Acteurs, qui par l'art difficile qu'ils ont de parler à l'impromptu, méritent d'être diſtingués des Acteurs des autres nations. J'ajoute même que ce talent qui n'appartient qu'à nous, eſt trop beau pour le laiſſer périr. Mais, Monſieur, je ſuis dans l'uſage de compoſer differemment mes Comédies, & j'ai ſuivi tant que j'ai pû les traces des meilleurs maîtres. Quoique je fçache bien que j'aye peu profité de leurs leçons, je ne puis me détacher de mon fyftême. Je donnerai par la fuite, fi on le veut, des Pieces à cannevas, mais ce fera malgré moi & par pure complaifance. Quant à préfent, & pour la premiere Comédie que je donne au Public, je n'ai pas le courage de le faire.

L'intérêt que vous avez la bonté de prendre à ma réputation, vous a engagé, Monfieur, à me faire une heureufe obfervation. Vous m'avez fait confiderer qu'une Comédie entierement ecrite en Italien, ne feroit point univerfellement entendue à Paris. Votre réflexion eft très-jufte. Plufieurs François, il eft vrai, entendent l'Italien, mais ce n'eft pas le plus grand nombre, & tous ceux qui vont à un fpectacle, ont raifon de vouloir l'entendre. Je fçais bien que l'efprit françois a tant de vivacité & d'aptitude, qu'il faut peu de chofe pour lui faire comprendre le fens d'un ouvrage ; auffi, fans la confiance que j'ai eue dans le génie de votre nation, ou je n'aurois rien compofé, ou j'aurois fait imprimer ma Piece avec la traduction Françoife. Mais d'un côté ç'auroit été manquer à mes engagemens ; de l'autre, ç'auroit été montrer trop de préfomption. J'ai pris uu milieu dans ces deux partis. J'ai fait un Extrait de ma Comédie, & j'y ai rendu compte Scene par Scene de tout ce qui fe fait dans la Piece. J'ai réfolu de faire mettre cet Extrait en François, & de le faire imprimer. Je fuis bien perfuadé que cet Extrait, quelque fommaire qu'il foit, fuffira aux fpectateurs pour leur faire comprendre le Dialogue, l'Intérêt & l'Intrigue.

J'ai befoin pour cela d'un Traducteur, & je n'ai pas cru, Monfieur, pouvoir mieux m'adreffer qu'à vous qui m'aimez & qui entendez l'Italien auffi bien que le François, & qui vous êtes déjà fait un plaifir de traduire quelques-uns de mes ouvrages. Je vous prie donc d'avoir encor cette complaifance pour l'Extrait que je vous envoie, & de lui donner ce ton de fimplicité & de clarté qui eft au-deffus de mes forces. Les preuves de la fincere amitié que vous m'avez données jufqu'à préfent, ne me permettent pas de craindre un refus. Soyez, je vous prie, perfuadé que je vous en aurai une obligation infinie, & que je ferai toute ma vie avec une véritable eftime, & une fincere amitié,

MONSIEUR,

Votre, &c. GOLDONI.

A Paris le 2 Novembre 1762.

LERTTE

De M. MESLÉ, en réponse à celle de M. GOLDONI.

JE vous envoie, Monfieur, la traduction de votre Extrait, qui malgré les détails que vous avez eu foin de lui donner, ne préfentera qu'une idée imparfaite de votre Piece. Je vous avoue que ce n'eft qu'après l'avoir lûe en entier fur le manufcrit que vous m'avez confié, que j'en ai fenti les beautés. L'Extrait m'en avoit bien indiqué le fujet & la marche, mais il ne m'avoit pas rendu la fineffe, la vivacité & les plaifanteries du Dialogue, le jeu, la chaleur & l'intérêt des fituations, la liaifon & l'apropos des Scenes que la Piece entiere m'a fait connoître.

Au refte j'ai confervé autant que le génie de notre langue a pû le permettre, vos tours & vos expreffions, furtout dans les morceaux de Poëfie. Mais à cet égard, j'ai cru que la profe ne feroit pas affez fentir aux François qui n'entendent point l'Italien, l'harmonie & la beauté de vos vers ; & comme j'ai craint en même-temps que la fervitude de la rime ne m'éloignât trop de votre texte, & ne défigurat vos penfées ; j'ai pris le parti de mettre en vers blancs le Sonnet, la Cantate, & le Madrigal, en vous fuivant vers à vers, & en employant, tant qu'il a été poffible, les mêmes épithetes, & la même mefure que vous. Je fouhaite de tout mon cœur, que cette traduction vous faffe

autant de plaisir que j'en ai eu à la faire, & je m'es-
timerai toujours trop heureux, quand le peu de
connoiffance que j'ai de votre langue, me procu-
rera l'occafion de vous être utile, je vous prie
même inftamment de la faire naître fouvent; il
eft bien jufte que ce que je fçais d'Italien foit employé pour vous, puifque c'eft à vous que je le
dois, & que ce n'eft qu'en vous lifant que j'ai
connu & aimé les beautés de cette langue, & que
j'y ai fait quelques progrès. Je ne vous fait point
ici un vain compliment; j'ai pour garand de ma
fincérité, M. de Voltaire, l'homme de France
qui fe connoit le mieux à tout. Il a écrit quelque
part qu'il faifoit apprendre l'Italien dans vos Pieces, à la petite fille du grand Corneille, qu'il a
chez lui, comme vous fçavez.

Au furplus, Monfieur, l'eftime particuliere que
ce grand homme fait de vous & de vos ouvrages, les témoignages publics qu'ils en a rendus en
profe & en vers; les principaux caracteres & pref-
que le fonds de la plupart de vos pieces que nos
Auteurs ne dédaignent pas de tranfporter tous les
jours avec fuccès fur le Théâtre François, l'accueil
que nous avons fait en dernier lieu à deux de vos
Comédies jouées fucceffivement fur le Théâtre
Italien, l'une vos *Pettegolezzi* ajuftée en François
fous le titre des *Caquets*; l'autre votre *Fils d'Arlequin perdu & retrouvé*, donnée en Italien, les
traductions de plufieurs autres, l'ardeur avec laquelle vos œuvres en général ont été recherchées
ici; tout enfin doit vous raffurer fur les craintes
que votre modeftie m'exprime dans votre Lettre,

& vous convaincre mieux que ce que je pourois vous dire , que vous n'êtes point étranger en France. Vos talens vous y ont naturalifé depuis long temps , & rien ne peut plus vous faire perdre une réputation fi bien , fi juftement établie & fondée fur un nombre fi prodigieux d'excellents ouvrages.

Mais en fuppofant , Monfieur , que la Piece que vous allez donner à Paris n'y réuffiffe pas comme elle auroit fait en Italie, il ne faudroit pour cela ni défefperer pour l'avenir , ni même vous en étonner. Le Théâtre pour lequel vous travaillez , ni ceux qui le fréquentent ne font pas accoutumés, du moins quant au genre Italien, à la fineffe , à la régularité , ni à la conduite que vous obfervez , & auxquelles vous avez fçu ramener les Théâtres de votre pays (dont le Théâtre Italien de Paris eft l'image dans ce genre.) Vous avez banni de chez vous , comme le dit encore M. de Voltaire , les farces infipides, les fottifes groffieres qui les deshonoroient ; mais elles font encor adoptées ici. Par la malheureufe habitude que nous avons d'y rire , nos oreilles & nos yeux ne fe feront peut-être pas tout de fuite à un comique fimple , naturel , raifonnable , mais noble & intéreffant , & dénué de cet appareil éclatant qui accompagne fouvent quelques unes de nos Comédies Italiennes.

Efclaves de ces futilités, nous le fommes encor des mafques dont votre génie vous a delivré. Vous les avez fait oublier en Italie , & fans eux on deferteroit en France les Pieces Italiennes. Il eſt cependant bien aiſé de concevoir combien cet antique & ridicule uſage nuit à l'art de l'Acteur, & au plaiſir du ſpectateur. Si l'ame eſt le Siége des Paſſions, le viſage en eſt le tableau, & ſes expreſſions ſont toujours plus vraies, plus eloquentes & plus promptes que celles de la voix & du geſte. Plus il peut être découvert, plus l'Acteur qui a de l'ame, a de reſſources pour rendre toutes les vérités de ſes ſituations, & en remplir le ſpectateur. Que l'on interroge la deſſus nos grands tragiques, les *Le Kain*, les *Brizard*,&c. On apprendra d'eux qu'ils gemiſſent quand la loy du Coſtume les oblige de porter des Caſques, des Turbans &c. qui leur cachent un peu le front, parcequ'alors tout leur art ne peut ſe développer, & que la moindre partie du viſage leur eſt neceſſaire pour bien exprimer ce qu'ils ſentent. Il ny a guerre de Comedie quelque bouffonne qu'elle ſoit, qui ne ſoit ſuſceptible des mêmes paſſions que la Tragedie à quelques nuances prés: mais ſans parler de la joie, de la crainte, de la douleur, du plaiſir, de la colere & de tous les autres ſentimens qui appartiennent egalement à l'ame & au viſage, je ne parle icy que des effets qui dependent uniquement du viſage, comme la rougeur, la paleur &c. peut-on les voir ſous un maſque? n'eclate t-on pas tous les jours d'un rire ironique & mépriſant chaque fois qu'Arlequin eſt annoncé rougir ou palir? L'impoſſibilité frappante de le remarquer ôte ſur le champ l'intéreſt, & l'intéreſt ôté quel plaiſir reſte t'il à des gens raiſonnables? Je ſcai bien qu'il faut que le fpectateur fe faffe quelquefois illufion fur bien des chofes, mais il faut, aumoins, qu'à côté de l'erreur il y ait un peu de vérité, & que l'illufion ne foit pas un aveuglement. Or à quel dégré ne faut-il pas s'aveugler pour prendre Arlequin avec fon mafque hideux pour une jeune & belle Princeffe, comme il faut le fuppofer dans quelques Piéces Italiennes.

Une des plus grandes contradictions de l'efprit humain, c'eft fans doute la différente difpofition dans laquelle nous nous trouvons aux deux Comédies de Paris. Nous fommes aux Italiens avec un autre gout, d'autres yeux, & même une autre ame qu'aux François. On diroit qu'il y a un Talifman aux portes des deux Théâtres, qui au moment que nous y mettons le pied nous transforme, & nous métamorphofe fans que nous nous en apercevions. Nous applaudiffons à l'un, ce que nous fifflerions à l'autre. Tout le naturel, tout l'art, tout le jeu, tous les agréments des *Préville* & des *Dangeville*, ne nous rendroient pas feulement fupportables, ce que les *Carlin* & les *Camille* nous rendent délicieux. Il ne faut pas, je crois, chercher les raifons de cette contradiction ailleurs que dans l'habitude; & vous fçavés Monfieur, qu'à cet égard l'efprit eft bien plus difficile à guérir que le corps.

Je ne prétends pas, il s'en faut de beaucoup, avilir nos Acteurs Italiens, dont j'eftime & j'admire autant que vous, les talents. Il y a long-temps que j'ai reconnû dans l'*Arlequin*, dans le *Pantalon*, & dans tous ceux qui compofent à Paris la fçene Italienne, non pas feulement ce qu'on appelle *un bon Arlequin, un bon Pantalon*, &c. mais des Comédiens excellens, & des Acteurs pleins d'ame & de génie. Je ne m'en prends donc point aux Comédiens Italiens, de la mifere des Comédies Italiennes. Je les crois au contraire très en état de feconder les vues d'un réformateur habile qui entreprendroit de nous tirer des ténébres & des jeux de l'enfance. Mais je m'en prends à notre goût qu'ils font obligés de fervir, à l'ufage qu'ils font obligés de fuivre.

Vous aurés donc, Monfieur, à combattre les progrès de l'habitude & du préjugé pour nous faire fentir le prix de vos Comédies Italiennes, qui ne reffemblent tout au plus que par l'idiome à celles que l'on donne ici ordinairement, & vous allés être gêné non-feulement par les fpectateurs, mais encore par les Acteurs, qui, accoutumés à n'avoir point de rôles écrits dans les piéces Italiennes, & par conféquent à ne point apprendre par cœur, feront eux-même gênés par un travail inufité, & n'auront peut-être pas d'abord dans le débit cette aifance, & ce naturel qui font oublier l'Auteur & l'Acteur, pour ne laiffer voir que le perfonnage. Je crois que vous n'avés qu'un moyen de vaincre tous ces obftacles; c'eft de n'avoir que votre génie pour guide, de ne le point affervir à des idées étrangeres, de nous élever jufqu'à vous, plutôt que de defcendre jufqu'à nous, en un mot de compofer en France, comme en Italie, & de copier comme vous avés toujours fait, la nature qui eft la même par tout.

Il n'eſt point de milieu ſuivant moi. Si vous voulés allier votre genre au notre, vous ferés des monſtres qui ne vous plairont pas plus qu'à nous. Je ne dis pas cela pour votre *amour paternel* où vous avés ſçu par un heureux effort de l'art, conſerver votre *maniere*, en prenant le ton François, & en vous familiariſant avec le caractere de nos Acteurs, parce que c'eſt notre genre noble & délicat que vous avés adopté, & non notre genre Italien, & que vous l'avés fait avec une facilité naturelle.

La contrainte, vous le ſçavez mieux que perſonne, n'eſt pas faite pour les ouvrages d'eſprit. Que craignez-vous de donner au vôtre tout ſon eſſor ? Vous voyez ſouvent depuis que vous êtes à Paris, l'accueil que l'on fait au *Fils d'Arlequin*, & au pathetique de cette Piece qui ſort de la forme ordinaire de la plûpart de nos autres Comédies Italiennes. Il en ſera de même pour tous les ſentimens que vous voudrez peindre quand vous le ferez avec l'art qui vous eſt propre. Ce ſeroit bien mal préſumer de nous, que d'imaginer que vous ne nous ferez pas goûter tôt ou tard des Pieces comme les vôtres, priſes dans le ſein même de la nature, dont on vous appelle le fils avec raiſon, des Pieces qui intéreſſent par l'intrigue, touchent par les ſentimens, plaiſent par le Dialogue, amuſent par les bonnes plaiſanteries qui naiſſent des choſes, & non des mots, ſurprenent par les ſituations, inſtruiſent par la morale, ſatisfont par le dénouement, & qui en un mot reſſemblent plus à nos bonnes Comédies Françoiſes, qu'à nos farces Italiennes.

J'en

J'en appelle non-feulement à tous ceux qui ont vu repréfenter vos piéces, mais encore à ceux qui n'ont pû que les lire, foit dans les originaux, foit dans les traductions qui ont été faites de quelques unes. Dans les cent douze Comédies que vous avés compofées, fans compter vos Opéra-Comiques qui font encore en grand nombre, je fuis perfuadé qu'il y en a beaucoup qui dans les mains, je ne dis pas d'un Auteur décidé, mais feulement d'un homme un peu connoiffeur du Théâtre, & un peu zélé, pourroient avec les changemens qu'éxigent néceffairement nos mœurs, & les loix de notre Théâtre, mériter les honneurs de la fçene Françoife. Auffi inviterois-je fi j'en avois l'occafion, & tous les Auteurs & tous les gens de goût qui ne connoiffent pas vos ouvrages, à fe convaincre dans la nouvelle, & belle édition que vous en faites actuellement, de ce que je viens de dire, & à l'effectuer, heureux de pouvoir au moins par là contribuer en quelque chofe à l'honneur du premier théâtre de l'Univers.

Ce feroit lui rendre un grand fervice, ainfi qu'à la nation, d'augmenter un peu le riche & fuperbe fonds qu'il a déja; mais qui tout excellent qu'il eft, s'ufe de jour en jour, & demanderoit d'autres nouveautés comiques, que celles qu'on y voit la plupart du temps. Les traces de Moliere font perdues, & la vraie Comédie eft oubliée : nous ne manquons ni de vices, ni de ridicules; mais nous manquons de bons peintres, pour les copier, ou du moins ils font bien rares, & leurs

pinceaux fe repofent fouvent. Il faut plufieurs
années pour voir éclore une Comédie digne de
ce nom & de la pofterité. On croit maintenant
en avoir fait une bonne , quand on a barbouillé
(paffés moi le terme) quelques portraits , &
qu'on les a coufus enfemble tant bien que mal
à de froids madrigaux, & à des maximes triviales ,
où l'on apperçoit toujours l'effort & le travail ,
quelquefois l'efprit, mais jamais le génie. C'eft
lui cependant qui fait la bonne Comédie & la
bonne Tragédie , plus que l'efprit. Je les com-
parerois volontiers au général & au foldat. Le
premier eft fait pour concevoir, combiner, pré-
voir , arranger ; l'autre n'eft fait que pour agir
& exécuter. Le bon général conçoit bien , le
bon foldat exécute bien. Voilà le génie & l'efprit.

Vous entendrés publier par tout , vous lirez
même dans quelques modernes brochures , un
fiftême qui vous étonnera. On prétend que tout
eft épuifé par Moliere & fes fucceffeurs , que
les vices & les ridicules font toujours les mêmes ;
mais que les goûts font changés , enfin que nous
ne fçavons plus rire. Vous ne le croirés pas , &
vous aurés raifon. Ce que vous avés fait vous
même , vous prouvera ce qui feroit à faire. La
nature n'eft-elle pas un fonds inépuifable pour
nous comme pour vous ? Ce qui nous fait pa-
roitre difficiles à rire, c'eft qu'on s'y prend fi
mal pour y réuffir , qu'en effet nous ne rions pas ,
ou que dumoins nous ne connoiffons plus , *quella
fpecie di rifo , che viene dal frizzo nobile è fpiritofo,*

ed è proprio degli uomini di giudizio. Ce qui fait croire notre goût changé, c'eſt le changement, non pas des vices, car le cœur humain eſt toujours le même, mais des ridicules qui ont des nuances differentes que dans le dernier ſiécle, & qui à pluſieurs égards ne ſont plus abſolument les mêmes. Voilà pourquoi pluſieurs bonnes piéces anciennes n'ont plus pour nous la même ſavéur. Nous n'y rions plus avec la même vérité. Peut-être ne ſeroient elles pas accueillies aujourd'hui, ſi on les donnoit pour la premiere fois. Leur ancienne réputation les ſoutient, l'habitude y fait aller, & une mauvaiſe honte empêche de les juger. On crieroit au blaſpheme contre celui qui oſeroit parler froidement d'une Comédie célebre, dont le brillant ſuccès conſervé par la tradition, eſt devenu une loi irrévocable. Je ne crois pas cependant que l'on en ſoit intérieurement la dupe. Dans un ſiécle où l'eſprit philoſophique s'étend ſur tout, & où l'on aime tant à chercher le phiſique des choſes, on doit s'appercevoir que cette piéce célébre qui devoit avec raiſon amuſer autrefois, doit néceſſairement être inſipide aujourd'hui, parce qu'elle nous préſente des objets que nous ne connoiſſons pas par nous mêmes, & que, hors du Théâtre, nous ne voyons plus nulle part. Il y a, ſi je puis me ſervir de cette expreſſion, une eſpéce de coſtume dans les ridicules qui varie après un certain temps, & que le bon peintre doit toujours ſuivre, pour faire un tableau parfait. Cette matiere demanderoit à être développée, & je me hazarderois de le faire, fi cette Lettre n'étoit déja trop longue pour la groffir encore des détails indifpenfables qu'exigeroient les preuves, & les exemples qu'il faudroit vous donner. Je me propofe en m'inftruifant avec vous dans nos entretiens particuliers, de vous faire part de mes réflexions à ce fujet.

Mais je crois devoir vous prévenir ici fur un fecond fiftême plus barbare que le premier, & que le hazard pourroit bien vous faire lire encore. On m'affure que l'on a imprimé quelque part, que la Comédie étoit tellement épuifée, qu'il ne lui reftoit plus de reffources que dans le fiel de la fatire. Ne croyés pas je vous prie, Monfieur, pour l'honneur de mes concitoyens qu'ils adoptent ce principe. On le détefte, on le regarde comme une preuve évidente du manque de talens dans ceux qui l'avancent & qui le fuivent. On eft perfuadé que le genre de la fatire eft de tous le plus méprifable, comme il eft le plus aifé, & il eft pour nous, comme pour toutes les nations honnétes & cultivées, la marque d'un très petit efprit, & d'un très mauvais cœur.

En tout cas s'il étoit poffible que ce fecond fiftême eut pris autant de crédit que le premier, dont l'erreur eft fans doute plus excufable parce qu'elle ne vient pas du cœur, vous les détruiriés bientôt l'un & l'autre par votre fécondité, & par la variété, la vérité & le naturel de vos caracteres, & de vos fujets. Quoique le genre auquel vous êtes appellé ne foit pas précifément le genre ordinaire de la nation, la réformation de l'un conduira infenfiblement à la réformation de l'autre, & en voyant de bonnes Comédies Italiennes, on apprendra à faire de bonnes Comédies Françoiſes.

Je vous ai à peu près fait entrevoir les écueils que vous avez à craindre. Je n'ai pas cru devoir vous parler de ce qu'on appelle ici *les Cabales*, parce qu'elles ne peuvent plus rien contre votre célébrité. Je vous avouerai d'ailleurs que c'eſt la plupart du temps une chimere enfantée par l'amour propre des Auteurs juſtement tombés pour tacher de couvrir l'humiliation de leur chute. Je l'ai vû ſervir d'excuſe, dans je ne ſçais combien de préfaces de piéces où j'avois été témoin de la diſpoſition la plus favorable pour les Auteurs, & où je n'avois remarqué d'autres cabales que celles qu'ils avoient eux mêmes poſtées pour les proteger. Ces Cabales d'amis ſont ſans contredit beaucoup plus frequentes & plus nombreuſes que les autres. Elles agiſſent ſouvent ſi lourdement qu'elles revoltent les eſprits les plus tranquilles, & produiſent un effet tout contraire à leur deſtination ; mais on a beau faire : tous ces petits ſtratagêmes pour réuſſir malgré Minerve, toutes ces meſures priſes quelquefois de ſi loin, ces injuſtes & groſſiers applaudiſſements, cette cerémonie uſée de demander l'Auteur qui devroit être reſervée pour le talent, & la ſublimité, tout cela n'en impoſe à perſonne & ne rend pas la piece meilleure. Le flambeau de la vérité diſſipe bientôt ces fauſſes lueurs, & l'Auteur & l'ouvrage ſont condamnés au néant par la voix publique qui s'eleve d'autant plus haut qu'elle a été dabord étouffée par les cris de l'erreur. N'eſt-il pas juſte Monſieur, que dans l'Empire des lettres qui eſt une république, la liberté qui doit toujours y regner, recouvre enfin ſes droits, & en baniſſe les tyrans & les uſurpateurs.

Je ne ſçaurois nier que la malignité & la baſſe jalouſie ſe ſoient armés contre les meilleures piéces ; mais le temps remet auſſi à cet égard les choſes dans l'ordre, & jai preſque toujours vû l'envie téraſſée tôt ou tard, & le vray merite reconnû d'une ou d'autre façon. Je vous citeray Mr. *de Belloy* que vous connoiſſés & que vous admirés. L'Honneur que lui a fait ſon *Titus* imprimé l'a bien dédomagé des coups qu'on lui avoit injuſtement portés à la repréſentation, & il a été encore bien mieux vangé depuis par les conſtans & juſtes applaudiſſements qu'a eus, & qu'aura toujours ſa *Zelmire*, dont vous vous propoſé d'enrichir votre Patrie.

Je ne dois pas finir ma lettre ſans vous obſerver que je ſuis entierement de votre avis ſur les Piéces à *Cannevas*, & ſur les ſçenes à *l'impromptu*. Je n'ai pas entendu dans ce que je vous ai dit, qu'il falut abſolument en priver le Théâtre Italien, ni que vos Comédies duſſent en exclure celles qui y ſont. Il y a au Théâtre François des Comédies de differens genres ; il n'y a point d'inconvenient qu'il en ſoit de même pour les Comédies Italiennes. Cette varieté peut au contraire être quelquefois utile à nos plaiſirs. J'ai dit ſeulement, & je le repéte

qu'il eſt bien à ſouhaiter que votre genre devienne le dominant, & que vous ſoyés aſſés ferme pour ne le point affoiblir dans vos compoſitions, par le mélange de l'autre.

Vous avés dû voir auſſi que dans ce que je vous ai dit de la Comédie Italienne, je n'ai parlé que du gente Italien en particulier, & non du Théâtre Italien en général ; ſi j'avois eû pour objet les autres genres que ce Théâtre réunit, ſoit en piéces Françoiſes, ſoit en piéces de Muſique, je n'aurois pas manqué de vous marquer le cas que je fais & des piéces, & des Acteurs. Mais comme les juſtes éloges qui leur ſont dus, ſont étrangers au ſujet de ma lettre, je chercherai avec empreſſement, une autre occaſion de leur payer ce tribut, dont j'aurois tant de plaiſir à m'acquiter ici.

A votre égard Monſieur, je vous ai parlé peut être trop librement, mais comme dit votre *Phi-loſophe Anglois*, dans votre Comédie de ce titre,

> *Soglio agli amici in faccia*
> *Dir con riſpetto il vero, ancor quando diſpiaccia.*

Je vous proteſte avec toute la ſincérité de ce Philoſophe, que je ſuis avec la plus parfaite eſtime, & la plus vive amitié, Monſieur,

Votre trés-humble, & très obéiſſant ſerviteur MESLÉ.

A Paris ce 10 Novembre 1762.

ACTEURS.

PANTALON, *de Bisognosi.* M. Collalto.

CLARICE, *fille de Pantalon.* Mde. Savi.

ANGELIQUE, *autre fille de Pantalon.* Mlle. Piccinelli.

CELIO, *Amant de Clarice.* M. Zanuzzy.

SILVIO, *Amant d'Angelique.* M. Baletti.

FLORINDE, *homme vain & présomptueux.* M. Rubini.

PÉTRONIO, *homme ignorant* M. Savi.

CAMILLE, *amante d'Arlequin.* Mlle. Veronese.

SCAPIN, *valet de Pantalon.* M. Chiavarelli.

ARLEQUIN, *amant de Camille.* M. Carlin Bertinazzi.

La Scene est à Paris dans une Salle de Compagnie de la maison de Camille.

EXTRAIT

DE

L'AMOUR PATERNEL,

COMEDIE ITALIENNE.

✕✕✕✕✕✕✕✕✕✕✕✕✕✕✕✕✕✕✕✕✕✕✕✕✕✕✕✕

ACTE PREMIER.

SCENE PREMIERE.

ARLEQUIN, *en habit de campagne*, SCAPIN.

E S deux Acteurs entrent sur la scene par un côté différent, & se rencontrent. Scapin fait compliment à Arlequin sur son retour de la campagne ; Arlequin, Amant de Camille, & jaloux de Scapin, témoigne la surprise où il est de le voir revenu à Paris, & le déplaifir que lui fait fa préfence. Scapin explique à Arlequin les caufes de fon retour à Paris; il le fait reffouvenir que le Seigneur *Steffanello*, Negociant de cette ville, l'avoit envoyé à Venife auprès de fon frere Pantalon, pour l'amener chez lui avec fes deux filles, Clarice & Angélique. Il lui apprend que Pantalon étoit fans fortune, qu'il ne fubfiftoit pour ainfi dire, que par les fecours de fon frere, & qu'il emploioit tout ce qu'il avoit, à l'éducation de fes deux filles qui en avoient fi heureufement profité, qu'elles étoient devenues célebres, la premiere dans les Belles-Lettres, la feconde dans la Mufique. Arlequin obferve que *Steffanello* étant mort, Pantalon n'étoit plus dans le cas de venir à Paris. Scapin répond que Pantalon étant déja à Lyon quand il avoit appris la mort de fon frere, il s'étoit déterminé à continuer fon voyage par l'efpérance d'hériter des biens de *Steffanello*; mais qu'arrivé à Paris, il avoit découvert qu'il n'avoit aucun droit à la fucceffion. Au moyen de quoi il fe trouvoit dans la plus grande détreffe. Arlequin dit à cela que Pantalon devroit s'en retourner à Venife. Scapin lui réplique qu'il s'en feroit déja retourné, fi Camille ne l'ût retenu auprès d'elle par fes bonnes façons. En cet endroit, Arlequin fait connoître qu'il ne fçavoit rien de tout cela, ayant été près de fix femaines hors de Paris, pour faire les provifions de vin, de bois, &c. il eft étonné que Camille garde chez elle tant de monde, & il fe plaint qu'elle l'ait fait fans l'en avoir averti, & fans lui en avoir demandé

permiſſion. Scapin demande à Arlequin par quelle
raiſon Camille eſt obligée de dépendre de lui.
Arlequin le lui explique, en déclarant que devant
épouſer Camille, & tous les biens qu'elle poſſede
devant par conſéquent être à lui, il ne prétend
pas qu'elle en dépenſe une ſi grande partie pour
l'entretien de quatre perſonnes. Il annonce for-
mellement qu'il veut qu'elle renvoye Pantalon.
Cette réſolution fournit à Scapin l'occaſion de
faire des reproches à Arlequin, & de lui rappeller
qu'ils ont été tous deux, ainſi que Camille, Do-
meſtiques du Seigneur *Steffarello*. Arlequin ſe
vante d'avoir ſervi ſur un meilleur ton que Scapin, & de n'avoir été chez *Steffarello* qu'en qua-
lité d'Intendant & d'Œconome. Scapin l'accuſe
d'avoir friponné. Ils ſe prennent de paroles, &
font du bruit. Alors Camille arrive.

SCENE II.

CAMILLE, *& les Acteurs précédens.*

CAMILLE ſe réjouit d'abord du retour d'Arlequin. Elle s'informe enſuite du ſujet de la
diſpute. Arlequin montre du réfroidiſſement pour
elle, & beaucoup de mécontentement à l'égard
de Scapin. Camille renvoye Scapin qui s'éloigne
pour plaire à cette fille, dont il eſt amoureux.

SCENE III.

CAMILLE, ARLEQUIN.

ARLEQUIN gronde Camille de tout ce qu'elle a fait pour Pantalon ; elle lui dit qu'elle y a été excitée par un sentiment de compassion. Elle repréfente à Arlequin que tout le bien qu'ils ont, ils le tiennent du Seigneur *Steffarello*, & qu'elle fe croit obligée de fecourir fa famille, *par reconnoiffance*, *par honneur*, *& par équité*. Arlequin s'appaife, & veut bien ne plus faire de difficulté pour le paffé ; mais il ne fe rend pas de même pour l'avenir ; il veut que Pantalon, fes filles & Scapin foient renvoyez fous 24 heures. Camille trouve le terme trop court. Arlequin perfifte & refte ferme dans fa réfolution. Il menace Camille de la quitter & de l'abandonner fi elle n'exécute pas fes volontés. Après quoi il fort.

SCENE IV.

CAMILLE *feule*, *& enfuite* PANTALON.

CAMILLE fait connoître qu'elle aime éperdument Arlequin, & qu'elle ne veut pas s'expofer à lui déplaire & à le détacher d'elle. Elle dit qu'elle a fait tout ce qu'elle a pû pour Pantalon ; que c'eft un homme raifonnable, qu'il aura égard aux circonſtances où elle ſe trouve ; elle ſe diſpoſe en conſéquence à lui annoncer ſon départ, quand elle le voit paroître. Pantalon lui dit en arrivant , qu'il a appris de Scapin la mauvaiſe volonté d'Arlequin , qu'il ſent parfaitement la poſition où elle eſt. Il la remercie du bien qu'elle lui a fait juſqu'alors, & il lui annonce la réſolution où il eſt de s'en aller. Camille eſt charmée de lui voir prendre ſon parti , & d'être délivrée de la peine qu'elle auroit eue à le lui annoncer ; mais elle lui demande où il a deſſein d'aller. Il répond qu'il n'en ſçait rien lui-même. Camille lui fait différentes queſtions , elle comprend par ſes réponſes , qu'il a écrit à Veniſe pour faire vendre le peu de bien qui lui reſte , qu'il n'en pourra pas recevoir le prix de quelques mois : que pendant ce temps-là , il vendra tout ce qu'il peut avoir apporté à Paris tant pour lui que pour ſes filles , principalement les livres de Clarice, & la muſique d'Angélique ; que ce ſacrifice ſera bien dur pour ſes pauvres filles & pour lui ; mais cependant que l'honneur & la décence le forcent de partir , & qu'il partira bientôt avec ſes chers enfans ſans ſçavoir où aller. Ce diſcours touchant & pathétique attendrit la ſenſible & généreuſe Camille. Elle ne veut pas abſolument que Pantalon s'en aille. Elle ſe charge de faire entrer Arlequin dans ſes vues , & de le perſuader. Elle force Pantalon de reſter, elle ſe diſpoſe à aller trouver ſes filles pour les raſſurer , & les conſoler ; enfin elle exprime à Pantalon la compaſſion qu'il lui inſpire , elle l'engage à ne ſe point affliger , & elle ſort.

SCENE V.

PANTALON *seul, & ensuite* CLARICE.

PAntalon ne peut s'empêcher de verser des larmes de tendresse & de joie. Il annonce son incertitude sur ce qu'il fera ; s'il partira, ou s'il restera. Clarice arrive consolée par ce que lui a dit Camille, & par les protestations qu'elle lui a faites. Elle cherche à consoler son pere qui exprime l'affliction & la douleur que lui causent sa situation. Clarice pour rendre à son ame sa tranquillité, lui donne des conseils qui respirent la morale & la philosophie. Ce tendre pere est enchanté des talens de sa fille. Il fait son éloge, elle s'en défend avec modestie. Pantalon demande à sa fille si elle auroit de l'inclination pour le mariage, dans le cas où elle trouveroit un bon parti. Clarice répond que les bons partis ne se refusent pas. Pantalon lui parle de quatre Italiens qui viennent quelquefois leur tenir compagnie, & faire la conversation avec eux ; il demande les sentimens de sa fille à leur égard. Elle lui dit ce qu'elle en pense, & fait par ce moyen connoître leur caractere aux spectateurs. Elle trouve que Celio est en général un aimable homme, mais qu'il est trop libre, & d'une franchise trop indiscrete & trop hardie ; que Silvio a l'esprit plus mûr & mieux reglé, mais qu'il est trop serieux ; que Florinde n'est pas sans mérite, mais qu'il est trop préfomptueux ; enfin que Petrone eft un ignorant, qui honteux de ne rien fçavoir , n'ofe blamer ni louer qu'après les autres. Pantalon continue de donner des louanges à fa fille. Il lui demande fi elle ne lui fera pas voir quelqu'un de fes ouvrages. Elle lui répond qu'elle a un Sonnet qui n'eft pas encore achevé. Pantalon demande à voir ce qu'il y en a de fait. Clarice pour lui obéir & le contenter , tire un papier de fa poche.

SCENE VI.

ARLEQUIN , *& les Acteurs précédens.*

ARLEQUIN fait des complimens ironiques à Pantalon ; il lui demande quand il partira. Pantalon fe tourmente & fe chagrine. Arlequin apprend que Clarice eft la fille de Pantalon , & que c'eft elle qui eft la fçavante. Il la complimente fur le même ton qu'il a pris avec fon pere ; il lui demande fi elle entend & fi elle parle françois. Clarice fe plaint de fçavoir peu cette langue. Arlequin lui dit que fi elle ne fçait pas fe faire entendre , il lui confeille de partir. Pantalon lui obferve qu'il y a beaucoup de gens à Paris qui entendent l'Italien. Arlequin repond que *cela ne fert de rien ,* que *cela ne fera rien , parce que le goût de la nation eft different.* Clarice en convient. Elle loue le goût de la nation , & dit qu'à fon égard elle *ne demande que de l'indulgence.* Arlequin lui répond ›› qu'on n'en ›› aura point pour elle. Clarice lui demande pour-›› quoi ? *Parce que , dit-il , les François vous di-*›› *ront , nous sommes ici en France , & si vous ne* ›› *connoissez pas le goût François , il falloit rester* ›› *en Italie. Vous avez beau dire,* répond Clarice *, vous ne m'oterez pas l'espérance. Je ne suis pas venue ici de mon chef ; c'est mon pere qui m'y a conduite , & j'y suis venue avec le plus grand plaisir , pour voir & admirer la plus belle Capitale de l'Univers. Depuis le peu de temps que j'y suis , j'ai reçu tant de politesses, que je suis on ne peut pas plus satis-faire d'y être venue. La galanterie Françoise est con-nue & admirée par tout. J'en vois encor plus que l'on ne m'en avoit dit. Et si mes foibles talens ne peuvent m'acquerir quelque estime , on ne peut bla-mer ma bonne volonté. Et je suis persuadée , oui très-persuadée que l'on aura au moins de l'indul-gence pour moi.* Après avoir ainsi parlé , Clarice sort.

SCENE VII.

PANTALON, & ARLEQUIN.

ARLEQUIN centinue d'impatienter Pantalon sur son départ, en affectant de vouloir lui être utile. Il lui offre d'aller pour lui au bureau des Coches retenir les trois meilleurs places, & il sort.

SCENE

SCENE VIII.

PANTALON *seul d'abord, & enfuite*
ANGÉLIQUE.

PANTALON fait réflexion qu'Arlequin ne veut pas de lui dans la maifon de Camille, qu'il fera par conféquent contraint de s'en aller, & que d'ailleurs en reftant plus longtemps, il ne pourroit pas fouffrir les impertinences de cet homme groffier. Angélique arrive. A la vue de fa fille, Pantalon eft plus tranquille, & oublie tous fes chagrins. Angélique lui apprend d'un air gai & fatisfait, qu'elle a achevé de mettre en mufique la cantate dont fa fœur Clarice a compofé les paroles. Pantalon rempli de joie à cette bonne nouvelle, donne des louanges à fa fille, qui y répond modeftement. Pantalon continue fes tranf-ports de joie, & dit à Angélique que fa vertu, fon mérite, & la beauté de fa voix, ne manque-ront pas de plaire à Paris. Elle lui fait obferver que le goût de la mufique eft bien different à Paris qu'en Italie. Pantalon alors lui parle ainfi : *Que dis-tu de la mufique de ce pays-ci ? Dans tous les pays du monde,* répond Angélique, *il faut pour bien goûter une chofe, y avoir les oreilles accoutu-mées. Le beau & le bon ne fe connoiffent bien que par comparaifon ; fi l'on compare fans paffion, on trouve le bon par tout ; fi au contraire l'efprit eft prévenu, on trouve l'ennui par tout.* Pantalon con-

C

tinue de louer fa fille ; il fait enfuite connoître fon
goût particulier pour la mufique dont il parle en
homme qui n'en a aucune connoiffance. On voit
en lui le caractere d'un pere rempli de l'amour le
plus vif pour fes enfants, & dont les tranfports de
tendreffe dégenerent même dans une efpéce de
folie. Il prie Angélique de le confoler par une
Ariette. Elle eft fur le point de le fatisfaire, quand
Arlequin paroît.

SCENE IX.

ARLEQUIN, & les *Acteurs précédens.*

ARLEQUIN dit à Pantalon qu'il vient de retenir pour lui trois places au coche. Pantalon
fe fâche, & s'en va, ne pouvant plus fouffrir la
vue d'Arlequin. Ce dernier continue les mêmes
difcours à Angélique qui lui dit que leur départ
ne doit point le regarder, & que Camille eft la
maitreffe de la maifon. Après quoi elle foit.

SCENE X.

ARLEQUIN, *seul.*

IL réfléchit au ton impérieux avec lequel Angélique lui a parlé. Il le trouve conforme au caractere des muficiennes. Il fe moque d'elle. Il dit qu'elle fera obligée de s'en aller ; que fi elle n'a point d'argent, elle n'a qu'à s'habiller en pellerine. Ces propos le font tomber fur les femmes qui courent le monde fous cet habit, & il fe divertit à leurs dépens.

Fin du premier Acte.

ACTE II.

SCENE PREMIERE.

CAMILLE, SCAPIN.

Amille prie Scapin de l'aider à arranger la salle de compagnie. Elle lui fait porter une table, une épinette & des flambeaux avec des bougies. Il lui obéit avec assez de ponctualité , à cause de l'amour qu'il ressent pour elle. Il va & vient avec les choses qu'elle lui ordonne d'apporter. Camille, lorsque Scapin n'est pas auprès d'elle , dit à part, que tout ce quelle fait, c'est pour procurer un établissement aux filles de Pantalon , & qu'elle compte beaucoup sur l'admiration que leur mérite a fait naître dans ceux qui les ont vues , depuis qu'elles sont à Paris. Scapin de temps en temps parle à Camille , & se plaint à elle de la préférence qu'elle donne à Arlequin. Camille tâche adroitement de détourner la conversation. Scapin & elle tout en causant , arrangent & portent les

chaifes. Scapin en revient toujours à Arlequin, &
Camille fait toujours voir fon penchant & fon
amour pour lui. Scapin irrité, ne peut plus fe
contenir, il décharge fa bile en remuant les
chaifes avec violence. Camille le gronde.

SCENE II.

ARLEQUIN, SCAPIN, CAMILLE.

ARLEQUIN voyant Scapin avec Camille, fe
fâche, & fe plaint en lui-même, fans être
apperçu. Il s'avance enfuite, & demande à quoi
doivent fervir tant de préparatifs. Camille lui dit
qu'on doit venir faire la converfation, & s'affem-
bler pour entendre chanter Angélique. Arlequin
dit qu'il ne le veut pas. Camille répond qu'elle
s'y eft engagée. Arlequin lui propofe plufieurs
moyens fots & extravagants pour fe dégager. Scapin parle à Camille à l'oreille. Arlequin en conçoit
de plus grands foupçons. Il dit des injures à
Camille. Celle-ci fe met en colere, & Scapin s'en
réjouit. Enfin Arlequin plus courroucé que jamais,
maltraite Camille, & s'en va.

SCENE III.

CAMILLE, SCAPIN.

CAMILLE reste un peu mortifiée. Scapin prend le ton ironique, & fait semblant de la plaindre de ce qu'elle a perdu un si joli amant. Camille dit qu'il n'est point perdu pour elle, que quand on s'aime bien, on ne peut gueres s'empêcher d'avoir quelquefois de petites querelles, & que c'est-là la preuve d'amour la plus claire. Scapin lui dit qu'elle est une entêtée ; elle lui répond que sa conduite prouve sa constance & sa fidélité plutôt que son entêtement. Scapin se plaint de ce qu'une femme constante étant si difficile à trouver, ce rare bonheur tombe sur un faquin qui ne le mérite pas. Après quoi il sort.

SCENE IV.

CAMILLE, *seule.*

ELLE examine les causes de sa constance pour Arlequin. Elle les trouve dans l'amour, dans l'honneur & dans la foi de ses engagemens avec lui. Elle trouve que les promesses continuelles qu'elle a faires d'assister la famille de Pantalon, ont également l'honneur pour principe , & elle eſt fâchée de voir l'éloignement & la haine d'Arlequin pour cette famille ; mais elle ſe flatte de le faire changer. Elle met ſa confiance dans le pouvoir que les femmes ont ſur les hommes. Elle dit qu'elle ne ſe pique pas d'être belle , mais qu'elle a quelque choſe qui plaît ; qu'elle ne manque pas d'eſprit, que ſes yeux la ſervent bien , & que dans l'occaſion elle ſçait en tirer des larmes, qu'elle regarde comme les armes les plus puiſſantes de ſon ſexe.

SCENE V.

CAMILLE, CELIO.

CELIO demande la permiſſion d'entrer. Camille lui répond qu'il eſt le maître. Elle penſe qu'il feroit un bon parti pour une des filles de Pantalon. Celio entre, ſalue Camille, & lui demande *comment elle ſe porte* Il demande enſuite des nouvelles de Clarice. Camille lui dit qu'elle va venir avec Angélique. Célio ſe déclare amant de Clarice, & ajoute qu'il laiſſe Angélique à ſon ami Silvio. Camille lui obſerve qu'elle ne s'eſt point encor apperçue que Silvio eut de l'amour pour Angélique. Celio repond à cela que Silvio ayant été élevé en Angleterre, il a rapporté de ce pays là , un air ſombre & taciturne ; mais que lui au contraire étant venu directement d'Italie en cette ville, il y a pris un caractere franc & ouvert ; qu'ainſi il aime Clarice, & qu'il lui importe peu que tout le monde le ſache. Camille lui parle de mariage ; il tourne la choſe en plaiſanterie. Camille ui proteſte qu'elle ne ſouffrira pas dans ſa maiſon un amour qui n'ait pas le mariage pour objet. Elle eſt interrompue dans ſon diſcours par du monde qui frappe à la porte. Elle ſort pour aller voir qui c'eſt.

SCENE VI.

CELIO *ſeul d'abord*, *& enſuite* CAMILLE
ET SILVIO.

CElio dit à part qu'il n'auroit aucune difficulté d'épouſer Clarice, s'il n'aimoit pas autant ſa liberté qu'il l'aime. Camille fait entrer Silvio en lui diſant qu'Angélique va venir dans l'inſtant. Celio ſalue Silvio, & lui demande *comment il ſe porte*. Silvio eſt ennuyé de cette queſtion que lui fait tout le monde, comme s'il avoit l'air d'être malade. Celio lui dit que c'eſt un compliment d'uſage. Camille dit à ce ſujet quelques mots ſur l'inutilité des cérémonies.

SCENE VII.

CLARICE, CAMILLE, CELIO, SILVIO.

CLARICE fait en arrivant les politeffes ordinaires, Silvio la falue fans dire mot. Celio lui demande *comme elle fe porte*. Silvio fait des contorfions qui annoncent la peine que lui caufe cette queftion. Clarice s'affied fur la chaife qui eft au bord du Théâtre. Celio fe met à côté d'elle fur la chaife fuivante; Silvio fe met de l'autre côté fur la chaife qui eft auprès de l'épinette, l'ouvre, & y trouve des papiers de mufique avec lefquels il s'amufe, toujours fans rien dire, & fans prendre part à la converfation des autres, qu'il laiffe parler en liberté. Celio commence par parler d'amour à Clarice qui appelle Camille, pour lui dire que Celio veut rire & plaifanter avec elle. Camille lui répond que c'eft tant mieux, & que cela pourra la diffiper un peu de la détreffe où elle fe trouve. Silvio appelle Camille à fon tour, & lui demande fi effectivement les deux filles de Pantalon font dans la détreffe. Elle lui dit qu'oui. Silvio s'offre de leur donner tout ce dont elles pourroient avoir befoin; Camille lui répond que dès qu'elles font dans fa maifon, elles n'ont befoin de rien; mais elle lui fait entendre que ces demoifelles mériteroient bien de trouver un bon parti. Elle effaie de découvrir fi Silvio a quelques difpofitions à époufer Angélique ; mais elle ne peut tirer aucun éclaircissement de ses réponses. Pendant ce temps-là Celio & Clarice causent tout bas ensemble. Clarice mécontente des discours de Celio, appelle Camille & lui demande où est son pere, Camille répond qu'elle n'en sçait rien , & annonce en même temps l'arrivée d'Angélique.

SCENE VIII.

ANGÉLIQUE, *& les Acteurs précédens.*

CELIO demande à Angélique *comment elle se porte.* Silvio lui reproche cette question ridicule, dont il prétend que le bon visage d'Angélique auroit dû le dispenser. Celio dit de Silvio, que c'est un homme ennuyeux & insupportable, de vouloir ainsi réformer les usages les plus suivis. Silvio prie Angélique de s'asseoir auprès de l'épinette ; Angélique dit à Camille de prier son pere de venir. Camille va avertir le pere, en louant la modestie des filles.

SCENE IX.

CELIO, CLARICE, ANGÉLIQUE, SILVIO.

ANGÉLIQUE va s'asseoir auprès de l'épinette, les autres se placent comme auparavant. Silvio demande à Angélique, si la musique qui est dans l'épinette est à elle. Elle répond qu'oui. Silvio l'en félicite, & la prie de voir avec lui s'il y entend quelque chose ; alors ils s'occupent tous deux avec les papiers de musique. Pendant cela, Celio continue de parler d'amour à Clarice ; elle n'est pas contente de lui, parce qu'il ne veut pas parler à son pere. Celio paroit aussi mécontent, & dit à part. *Que les hommes sont malheureux ! les femmes sont pour eux ou trop faciles, ou trop severes ; dans les premieres il n'y a point de constance, & dans les autres point de complaisance.*

SCENE X.

PANTALON, *les Acteurs précédens, & ensuite* SCAPIN, *qui survient.*

PANTALON salue tout le monde, & fait les complimens ordinaires. Celio paroit troublé & confus. Silvio l'appelle pour *scavoir de lui* pourquoi il ne demande pas à Pantalon *comment il se porte.* Celio témoigne son chagrin & sa mauvaise humeur. Pantalon lui dit de se tranquiliser, qu'il va s'amuser. Il propose à ses filles de régaler la compagnie de quelque bel ouvrage. Celio se dit à lui-même qu'il faut qu'il prenne part à l'amusement général, pour ne point faire connoître sa foiblesse. Scapin arrive, & annonce à Pantalon Florinde, & Petrone. Pantalon charmé de cette visite, parce qu'ils entendront ses filles, dit qu'on les fasse entrer, Scapin va les introduire, en remarquant à part l'excessive tendresse de Pantalon pour ses filles. Pantalon continue de les vanter.

SCENE XI.

FLORINDE, PETRONE, *& les Acteurs*
précédents.

FLORINDE se présente avec des politesses affectées, & Petrone grossierement, & lourdement. Ils font chacun leur compliment. Tout le monde s'assied. Petrone auprès de Celio. Florinde auprès de Petrone. Pantalon entre Florinde & Silvio. Clarice, Angélique & Celio, comme ils étoient auparavant. Pantalon dispose Florinde & Petrone à entendre ses filles. Florinde dit à Pantalon que cela lui fera un plaisir infini ; mais il dit tout bas à Petrone qu'il va être à la torture. Petrone répond à Florinde, qu'il va souffrir autant que lui, & dit à part. *Je ne comprends rien ni à la musique, ni à la poësie.*

Pantalon ordonne à Clarice de lire le Sonnet qu'elle a composé le matin, & il prévient la compagnie qu'elle l'a fait en dix minuttes. Clarice s'excuse sur ce que le Sonnet n'est encore qu'ébauché. Pantalon lui dit de le lire comme il est, & l'engage à dire d'abord le titre. Clarice lit le titre suivant.

Le passage des sciences d'un pays à un autre.

Pantalon ne cesse de s'émerveiller. Clarice récite le premier Quatrain du Sonnet. Son pere l'interrompt par un transport de joie, & d'admiration, & pour expliquer à la compagnie le sens du Quatrain. Florinde dit tout bas à Petrone qu'il trouve mauvais ce commencement. Petrone le trouve de même. D'un autre côté Celio lui en fait des louanges, & il est alors de son avis. Pantalon ordonne à Clarice de relire tout depuis le commencement, & prie les autres de la laisser lire jusqu'à la fin sans l'interrompre. Alors Clarice lit le Sonnet Italien qui suit.

SONETTO. *

Del Nilo un tempo, e dell' Eufrate in riva
Sparse Minerva di scienza i frutti ;
Indi del vasto Mar varcando i flutti,
Piantò l'arbor feconda in terra Argiva.

Roma, l'invida Roma in cui fioriva
La gloria sol de' popoli distrutti
Co i talenti di Grecia in lei tradutti
Dissipo l'ignoranza in cui languiva.

Sotto lungo doppoi Barbaro sdegno
Giacque incolta l'Europa, e i bei vestigi
Rinovo di Virtu l'Italo ingegno.

Ora la saggia Dea de suoi prodigi
Prodiga, è resa delle gallie al regno:
Mensi, Roma, e Atene oggi è in Parigi.

Traduction du Sonnet en vers blancs.

Autrefois fur les bords du Nil & de l'Euphrate
Minerve répandit les fruits de la Science ;
Mais franchiffant bientôt l'immenfité des mers
L'arbre fecond des arts fut planté dans la Grece.

* Les regles du Sonnet Italien font les mêmes que celles du
Sonnet françois excepté que leurs vers ne font que de onze
pieds, & que les notres en ont douze; chez eux comme chez
nous une fillabe fait un pied, & l'on ne compte pas celles qui
fouffrent l'elifion.

Cette Rome jaloufe, & dont toute la gloire
Fut de donner des fers à cent Peuples détruits ,
Ne put loin de fes murs écarter l'ignorance
Qu'en y faifant entrer les talens de la Grece.

L'Europe dans la fuite aux Barbares livrée
Des Beaux Arts oubliés avoit perdû les traces
L'Italien fçavant en ranima l'eclat.

Prodigue de fes dons la fçavante Déeffe
Se fixant aujourd'hui dans l'empire des Lys
Réunit dans Paris, Rome, Athene, & Memphis.

Pantalon s'épuife en exclamations, en éloges,
bat des mains , repete le dernier vers du Sonnet,
& demande l'approbation de l'affemblée. Celio
applaudit. Florinde loue tout haut Clarice , &
tout bas en dit du mal à Petrone , qui dit comme
lui. Celio de fon côté dit à Petrone que le Sonnet
eft un chef-d'œuvre , & Petrone en dit autant.
Celio fe fent de plus en plus pénétré du mérite
de Clarice. Pantalon eft dans le plus grand éton-
nement de ce que Silvio ne dit rien ; Silvio l'affure qu'il eft l'admirateur de Clarice ; mais que
fa paffion , c'eft la mufique. Pantalon lui répond ,
que s'il veut de la mufique , il eft bien aifé de le
contenter ; & il engage Angélique à chanter la
mufique qu'elle a faite fur la Cantate compofée
par Clarice , & qui a pour titre :

*Le Poëte Italien qui demande à Apollon la grace de
ne point échouer à Paris.*

Pantalon ne se sent pas de joie. Florinde désaprouve tout bas le titre en parlant à Petrone qui
le désaprouve aussi. Celio au contraire l'approuve
aussi tout bas , & Petrone en fait de même. Angélique qui fait semblant de s'accompagner sur le
clavecin , mais qui n'est véritablement accompa-
gnée que par l'orchestre , chante ce qui suit :

CANTATA.

Sacro Nume di Pindo
Tu che l'animo accendi
Di canora armonia, tu che rischiari
De' Mortali la mente,
Gran lume omnipossente
Degli uomini conforto ; e degli Dei
Presta orecchio pietoso ai voti miei.

Della Senna in su le sponde,
Tua delizia , e tuo decoro,
Non negar mi il verde alloro.
Ch' io desio di meritar.

Rammenta o biondo Dio
Quanti del sudor mio divoti pegni
Ottenest fin'or. Vegliai le Notti
Per offrir ti gl'incensi. A te in tributo
I piu belli di della mia vita io diedi :
E qual ebbi da te grazie , o mercedi ?
Questo dono or ti chiedo ;

Sia

Sia grazia, o fia merce, fa, che un tuo raggio
   Fischiari il mio talento,
Fa, ch'io piaccia a Parigi, e fon contento.

   Ah che dal Ciel difcende
   Raggio d'immortal luce.
   Sento de' Vati il Duce
   Che mi favella al eor.

   Vieni, mi dice, efpera ;
   Qui di clemenza è il regno.
   Rendi ti di onor degno
   E ti prometto onor.

Traduction de la Cantate en vers blancs.

   Sainte Divinité du Pinde,
   Toi qui du feu de l'Harmonie
Embrafe tous nos cœurs. O Flambeau tout puiffant,
   Dont l'eclat porte la lumiere
   Dans l'ame des Mortels ;
Heureux foulagement des hommes & des Dieux :
Prete à mes vœux ardents une oreille indulgente !

   Sur les bords de la Seine
Ces Bords charmans, tes amours & ta gloire
   Accorde à mes brulans defirs
Le Laurier qu'une fois je voudrois mériter
   Aimable Dieu rappelle toi *
Combien jufqu'a prefent, mon zele infatigable
S'eft épuifé pour toi. J'ai confumé les nuits
   A t'offrir mon encens. Je t'ai facrifié
   Les jours les plus beaux de ma vie.

* L'épithete de *Blond*, qui eft dans le texte, & qui y va très bien, ne feroit point agréable ici.

D

Quel prix, ou quelle grace ai-je reçûs de toi ?
Je ne t'implore ici que pour un feul bienfait.
Accorde le comme grace, ou comme recompenfe.
Viens d'un de tes rayons eclairer mes talens.
Fais moi plaire à Paris, tous mes vœux font comblés.

    Mais quel rayon d'immortelle lumiere
    Des cieux defcend jufques à moi !
    Je reconnois le Dieu des vers.
    Je le fens, il parle à mon cœur.

    Viens, me dit il, efpere,
    La clemence regne en ces lieux.
    Sois digne d'être couronné
    Et je te promets la couronne.

Pantalon eft le premier à applaudir. Silvio & Celio applaudiffent de bon cœur. Florinde & Petrone fe conduifent toujours de la même maniere. Florinde qui méprife Clarice, & tout le monde, propofe à la compagnie de lui faire connoitre un grand morceau de poëfie de fa façon, en lifant un madrigal qu'il a compofé. Pantalon témoigne du dégout ; mais tous les autres font voir un grand défir d'entendre le madrigal. Florinde en fe pavanant, lit ainfi le titre :

L'Eloge de la Cire d'Efpagne.

Pantalon fe moque de lui. Florinde trouve le titre & le fujet magnifiques, parce que la cire d'Efpagne eft un préfervatif fûr, contre la cu-

riofité que l'on a de lire les billets doux. Il demande à Petrone fon avis, & Petrone dit qu'il
a raifon. Florinde lit enfuite ce qui fuit, d'un
ton pédantefque.

MADRIGALE.

Del pefato fottil talento Ifpano
Rubiconda, ftupenda maraviglia
In candida conchiglia
Delle Perle d'amor chiude l'Arcano.

Traduction du Madrigal. *

Du prudent Efpagnol invention fubtile,
Chef d'œuvre ingénieux, & merveille etonante !
Ta rougeur fcait au fonds d'une blanche coquille
Tenir dans le fecret les Perles de l'Amour.

Tout le monde applaudit par ironie. Pantalon
ne peut pas fe contenir. Petrone fait compliment
à Florinde, qui fe félicite lui-même des faux
applaudiffemens qu'il reçoit.

** Le Madrigal eft un Poëme connu de tout le monde.*
Le ftile métaphorique qui eft employé dans celui-ci, a des-
honoré pendant un fiécle, la poëfie Italienne. On doit le paffer
à Florinde, dont le caractere reffemble à celui de bien des
gens qui trouvent mauvais, tout ce que les autres font, & qui
ne peuvent rien produire d'eux-mêmes, qui ne le foit encore
davantage.

SCENE XIII.

ARLEQUIN, CAMILLE, *& les Acteurs*
précédens.

ARLEQUIN demande permiſſion d'entrer. Pantalon s'atriſte en le voyant. Camille veut
l'arrêter, & fait connoître par ſes agitations,
qu'il vient dans quelque mauvaiſe intention.
Arlequin dit que puiſqu'il ſe trouve dans une aſ-
ſemblée de gens d'eſprit, il doit réciter une de
ſes compoſitions. Il en dit le ſujet, dans lequel
il expoſe les conteſtations qu'il a avec Camille,
ſur ce qu'elle ne veut faire qu'à ſa tête. Il parle
contre la famille de Pantalon & contre l'aſſem-
blée. *Voici*, dit-il, *ma chanſon* en montrant ſon
contrat de mariage avec Camille, & *voici la muſi-*
que, en déchirant le contrat; après quoi il s'en
va. Tout le monde eſt choqué. Camille ſe déſeſ-
pere, & accuſe tous ceux qui ſont là, d'être les
cauſes de ſon malheur. Celio propoſe à Silvio de
courir après Arlequin pour l'arrêter. Silvio y con-
ſent. Il ſalue Angélique, & ſort. Celio prend
congé de Clarice, en diſant à part, qu'il craint
bien de ne pouvoir réſiſter à la force de l'amour
qu'il reſſent. Florinde & Petrone s'en vont en-
ſemble en ricanant. Clarice & Angélique ſe
retirent, affligées pour elles & pour Camille. Pantalon, d'un air noble & décent, ſe recommande à
Camille. Celle-ci témoigne de l'inquiétude; mais
Pantalon ſe fie ſur ſon bon cœur, & ſe retire.

SCENE XIV.

CAMILLE, *feule.*

ELLE dit que fi elle a tant de compaffion pour les autres, elle doit à plus forte raifon en avoir pour elle-même. Elle exagere beaucoup le malheur qu'elle fait réfulter de la retraite d'Arlequin. Elle s'abandonne au défefpoir, elle détefte tout ce qui en eft caufe, Pantalon, fes filles... Mais tout à coup, elle fait réflexion que ce n'eft pas la faute de ces *pauvres innocents.* Elle témoigne avoir encore de la tendreffe pour elles. Elle prie le ciel de l'éclairer & de l'aider, & termine ainfi le fecond Acte.

Fin du fecond Acte.

ACTE III.

SCENE PREMIERE.

CELIO, SILVIO, FLORINDE, PETRONE,
ET ARLEQUIN.

ARLEQUIN eſt amené malgrè lui dans la maiſon de Camille, par les quatre Italiens, ſuivant qu'ils ſe l'étoient propoſé. Il ſe plaint à eux de ce qu'ils l'ont conduit par force chez Camille. Celio lui dit qu'ils l'ont perſuadé & non violenté. Florinde ſe meſle de vouloir expliquer à Arlequin ce qui l'a fait revenir. Arlequin eſt curieux de le ſçavoir. Florinde lui demande s'il a quelquefois vû jouer les Marionnettes. Arlequin repond qu'ouy, mais qu'il ne comprend pas quel rapport il peut y avoir entre les marionnettes & lui. Florinde en homme qui s'imagine qu'il va dire la plus belle choſe du monde, prie ceux qui ſont ſur la ſçêne de faire attention à la

comparaifon fpirituelle dont il va fe fervir, &
parle enfuite ainfi à Arlequin. *On fait agir les
Marionnettes par le moyen d'un reffort placé dans
leur tête, & par quelques fils qu'on leur attache
aux mains & aux pieds. Ces machines ne marchent
que par le moyen du reffort qui les conduit, elles
ne parlent que par la voix de celui qui les fait jouer.
Venons maitenant à l'application; Arlequin, vous
êtes la marionnette; l'Amour eft celui qui vous
fait jouer, la Paffion eft le reffort qui vous conduit; vous ne vous remués qu'avec les fils du defir,
enforte que pouffé par votre inclination, & attiré
par la beauté, vous etes venû jufqu'ici fans fçavoir
que vous y veniez.*

Cette comparaifon choque Arlequin. Il annonce qu'il veut s'en aller, mais il dit à part
qu'il n'eft que trop vray qu'il fe fent remuer par
un fil, & qu'il y a un reffort qui le retient.
On cherche à l'appaifer : il s'obftine. Florinde
engage Petrone à le perfuader. Petrone l'entre-
prend, & confeille à Arlequin de ne s'en rap-
porter à perfonne, & de faire à fa fantaifie.
Arlequin trouve ce confeil excellent, & dit en
conféquence qu'il ne veut plus penfer à Camille. Celio & Silvio impatientés de fon obftina-
tion difent qu'il n'y a qu'a le laiffer là & aller
perfuader à Camille de l'oublier. Arlequin montre alors toute fa paffion & les arrete en les
affurant qu'il va être raifonnable. Petrone de fon
coté l'exite à fuivre fon confeil, mais il ennuie
Arlequin. Celio qui voit fa foibleffe, juge que
c'eft un bon moment dont il faut proffiter pour

aire venir Camille ; Florinde va avec lui pour cela & Petrone les ſuit. Silvio avertit Arlequin de l'arrivée de Camille, & il ſort. Arlequin voudroit auſſi ſortir, mais il trouve dans Camille une eſpece de magie qui l'enchante, & qui le retient.

SCENE II.

ARLEQUIN, CAMILLE.

CAMILLE, à part, ſe plaint de la cruauté d'Arlequin, en diſant qu'il meriteroit bien qu'elle le renvoyat. Arlequin ne veut pas l'aborder, n'y lui parler le premier. Camille en dit autant. Arlequin veut ſortir ; Camille touſſe, il ſe retourne. Ils ſe ſaluent l'un & l'autre poliment, mais fierement, & chacun eſt toujours dans la reſolution de ne point faire les premiers pas. Arlequin ſe détermine enfin à ſortir ſans la regarder : alors Camille accablée de douleur ſe laiſſe tomber ſur un fauteuil. Arlequin ſe reſſouvient du fil & du reſſort des marionnettes, il s'approche de Camille & lui demande ce qu'elle a. Elle lui répond qu'il voit là les triſtes effets de ſa paſſion. Il s'attendrit & veut l'aider à ſe lever. Camille eſſaye en effet de le lever, & elle retombe dans le fauteuil. Arlequin la prend alors par les deux mains pour la mieux aider. Elle ſe leve encore une ſeconde fois,

mais

mais elle retombe encor & entraine avec elle Arlequin qui tombe par terre . Dès qu'elle le voit en cet etat, elle se leve avec légéreté, & sans la moindre peine, & va demander à Arlequin s'il ne s'est point fait de mal. Arlequin de son coté lui demande si elle est guerrie. Elle dit qu'oui. Arlequin dit qu'il l'est aussi, & ils se parlent tous deux amoureusement. Camille demande à Arlequin si il l'epousera, il lui promet qu'oui. *Et quand?* dit Camille. *Aussi-tot*, dit-il, que *Pantalon sera parti*. Cette reponse redonne du chagrin à Camille, les deux amants se font de nouveaux reproches. Enfin Arlequin après bien des raisons finit par dire à Camille qu'il va attendre ses résolutions, & il s'en va.

SCENE III.

CAMILLE, *seule.*

ELLE trouve qu'Arlequin n'a pas absolument tort, & qu'une autre qu'elle, auroit déja renvoyé Pantalon. Mais son bon cœur lui fait voir encore bien des difficultés dans un semblable parti.

SCENE IV.

PANTALON, CLARICE, ANGÉLIQUE, CELIO, SILVIO, FLORINDE, PETRONE, CAMILLE.

PANTALON s'excuse à Camille d'avoir pris la liberté d'écouter ce qui s'est passé entr'elle & Arlequin, sur l'intérêt qu'il a à la matiere qu'ils traitoient, il lui ajoute qu'il est enfin résolû de partir. Camille lui repond qu'elle n'aura jamais le courage de lui dire de le faire mais qu'elle ne peut lui cacher que tous les momens qu'il reste font autant de tourmens pour elle. Celio, Silvio & Florinde parlent à Camille en faveur de Pantalon, & l'engagent à ne le pas laisser partir. Florinde en particulier lui fait envisager l'estime, la réputation, l'héroïsme, l'honneur, la gloire. Il invite Petrone a le seconder dans ses sollicitations. Petrone veut en effet donner des conseils à Camille. Mais cette fille prénant un ton ferme & pathétique s'exprime ainsi. *Dites-moi un peu, Messieurs, vous qui me parlez en faveur de Pantalon & de sa famille, vous qui avez tant de pitié pour ses filles ; n'avez-vous que des paroles inutilles, & de vains conseils à leur donner ? si vous avez tant de compassion, que ne cherchez-vous à leur en faire ressentir les effets ? est-ce que ces Demoiselles n'ont pas assez de mérite pour vous y engager ? mais tenez, voici le moyen de les secourir, & de leur rendre justice,*

Ceux d'entre vous qui ont de l'amour pour elles,
n'ont qu'a les épouser. Ceux qui s'en tiennent à l'esti-
me, n'ont qu'a les aider à s'établir. Vous le pou-
vez, Messieurs, & vous le devez. Ce sera là la vé-
ritable pitié, le véritable heroïsme, la vraie gloire,
& non d'implorer les secours d'une pauvre fille com-
me moi, qui ai fait tout ce que j'ai pû, & qui
ai été jusqu'à sacrifier les intérêts de mon cœur,
& ma propre tranquilité.

Pantalon ne se possede pas de joie, il fait l'é-
loge de Camille, il dit qu'elle parle si bien, qu'il
faut que Clarice lui ait donné des leçons. Celio
se sent pénétré, & ne sçait que résoudre. Clarice
& Angélique se plaignent entr'elles de leur desti-
née. Florinde attendri par le discours de Camille, s'offre d'épouser Angélique pour satisfaire
à ce que la gloire & la compassion exigent de lui.
Silvio arrête Florinde en lui disant que si ce n'est
que la gloire & la compassion qui l'engagent à
épouser Angélique, il y est excité lui par des mo-
tifs plus puissants, le mérite d'Angélique & l'estime qu'elle lui inspire. Il invite en même-
temps Angélique à s'expliquer & à déclarer celui
qu'elle préfere ; mais elle s'en rapporte modes-
tement à son pere. Pantalon dit qu'il ne demanderoit pas mieux que de la contenter, mais qu'il
ne veut point faire tort à Clarice qui est l'ainée.
Florinde alors s'offre de l'épouser, en disant qu'il
lui est égal d'épouser l'une ou l'autre. Celio pour
ne pas voir Clarice sacrifiée à une semblable union,
déclare son amour pour elle, & s'offre de l'épouser. Florinde se tourne vers Angélique pour la
prier de se déclarer. Elle annonce que si son pere

le trouve bon, elle choisira Silvio. Pantalon y consent. Florinde dit alors que de toutes façons il ne peut que se féliciter d'avoir porté les esprits à l'héroïsme & à la gloire. Il demande à Petrone son approbation, & Petronne la lui donne. Pantalon donne l'essor à sa joie ; il vante son bonheur, & en donne tout l'honneur à Camille qui témoigne de son côté combien elle y est sensible.

SCENE V. *& derniere.*

ARLEQUIN, *& tous les autres Acteurs.*

ARLEQUIN qui est instruit de tout, se réjouit avec Pantalon & avec ses filles de leur bonne fortune. Il offre avec transport sa main à Camille qui l'accepte avec vivacité, & sur le champ. Pantalon termine la Piece en disant que le sort de ses cheres filles le fait jouir du plus grand bonheur, & qu'il n'y a pas dans la nature d'amour plus sublime & plus délicieux que l'Amour Paternel.

FIN.

APPROBATION.

J'AI lû par ordre de Monseigneur le Chancelier, *l'Extrait de l'Amour Paternel, Comédie,* avec la *Lettre Italienne de M. Goldoni,* la traduction de cette Lettre, & la réponse de M. Meslé, & je crois qu'on peut en permettre l'impression. A Paris ce 28 Novembre 1762. MARIN.

Le Privilége & l'Enregistrement se trouvent au nouveau Recueil de Pieces de Théâtre de la Comédie Italienne.

www.ingramcontent.com/pod-product-compliance
Ingram Content Group UK Ltd.
Pitfield, Milton Keynes, MK11 3LW, UK
UKHW021011220726
13924UKWH00002B/946